카피레프트,
우주선을 쏘아 올리다

카피레프트,
우주선을 쏘아 올리다

씽크스마트

글 지은이(가나다순)

고영란(르포 작가, 《우린 잘 있어요, 마석》 등)
구경희(세실영어학원장)
김경태(JY Entertec 프로듀서)
김남길(동화작가, 《15분짜리 형》 등)
김상철(영화감독, 〈제자 옥한흠〉 등)
김영서(대학생, 성균관대학교)
김재목(뮤지컬 제작자, 《담뱃가게 아가씨》 등)
김정성(프리랜서 문자노동자, 시인)
김정일(안국동 '밝은방' 사진선생)
김조광수(청년필름 대표, 영화감독)
김찬휘(정치경제연구소 '대안' 부소장)
김현일(전 대한항공 조종사)
김형진(다큐 영화 〈기죽지 마라〉 연출)
나단경(변호사)
목연희(드라마 작가, 시트콤 〈세 친구〉 등)
문수봉(윈브릿지 캐피탈, 투자심사역)
박정인(해인예술법연구소 소장)
박현식(동아예술대학 겸임교수)
배한선(건축사)
변택주('꼬마 평화도서관을 여는 사람들' 바라지)
성수선(에세이 작가, 《밑줄 긋는 여자》 등)
성유숙(사진작가, 성공회 나눔의집 자원봉사자)
송평강(셀수스협동조합 사무국장)
수안 스님
신경령(초등학교 특기적성 교사)
신수진(출판사 '지구의아침' 대표)
신윤덕(소설가, 〈소생〉 등)
신현철(분도프로덕션 프로듀서)

안재성(소설가, 《경성 트로이카》 등)
오기출(푸른아시아 상임이사, 《한 그루 나무를 심으면 천 개의 복이 온다》)
오제하(대학생, 연세대학교)
윤성준(영화감독, 영국 Northern Film School 졸업)
이백현(광고 카피라이터)
이세일(KTH 영화 프로듀서)
이소엽(한국청소년상담 복지개발원 근무)
이윤희(부천시 해밀도서관 점역 교정사)
이은주(일본문학 번역가, 요양보호사)
이주성(소설가, 〈말의 화장(火葬)〉 등)
이호은(전 삼성 관련 기업 상하이 주재원)
이현숙('탁틴내일' 대표)
임성용(시인, 전태일문학상 수상)
임옥경(프리랜서 기자)
임정연(방송작가, MBC 《뽀뽀뽀》 등 어린이 프로그램)
장동만(남양주시외국인복지센터 사무국장)
전라영(베트남 25년 거주, 비즈니스 컨설턴트)
정상환(전 삼성물산 독일법인장)
정치영(한국학중앙연구원 교수)
정평기(전 KBS미디어 경영지원센터장)
주상필(데이터 사이언티스트)
채희만(인피니티 북스 출판 기획자)
최규승(시인, 《무중력 스웨터》, 《처럼처럼》 등)
최효경(전 아시아나항공사 스튜어디스)
한용진(한국 최초의 리믹스 DJ)
함영준(단국대학교 노어노문학과 교수)
고(故) 황준욱(전 한국노동연구원 박사)

사진을 제공해 준 사람들(가나다순)

구경희 김남길 김경태 김상우 김상철 김영서 김정일 김찬휘 김현일 김형진 목연희 박정인 박현식 변택주 성수선 성유숙 신경령 신현철 안재성 안주엽 오제하 윤성준 이소엽 이은주 이현숙 임성구 임옥경 장동만 정상환 정치영 정평기 주상필 채희만 최규승 최규철 한용진 함영준 황재연 셀수스협동조합 회원들

후원자 명단

김서분 신수진 안호성 권건욱 손성영 이주연 송평강 최석규 배원배 배정호 황윤정 김헌국 정 미 고영란 이선미
윤호진 정상환 이주성 정정학 채희만 배영한 신윤덕 임성용 주상필 이현숙 배한선 임옥경 김효선 박정호 강정아
장동만 이소엽 김진철

팀블벅(tumblbug.com)에서 진행한 크라우드 펀딩을 통해 《카페레프트, 우주선을 쏘아 올리다》를 후원해 주신 분들에게 감사
드립니다. 펀딩에 응해 주신 분들에겐 시집과 기념물을 보내 드립니다.

차 례

카피레프트 정신, 무상공유 힘으로 출발!

시집은 시인만 내는 것인가?

사진집, 에세이집은 전문 작가만 출판할 수 있을까?

출판을 하려면 돈이 드는데 어떻게 해결하지?

이런 고민에서 우리는 출발했다.

누구나 시를 쓰고 사진을 찍고 자유롭게 글을 써서 출판할 수 있는 첫 걸음에 기꺼이 동참해 준 저자 55명은 카피레프트(CopyLeft) 정신에 따라 글과 사진을 내주었고, 우리는 이것을 모아 책으로 만들었다.

이 책의 표지 오른쪽 상단에 달나라 같은 그림이 있다. 영어 알파벳 'C' 가 뒤집어진 이 그림은 '카피레프트'를 상징하는 로고로, 카피라이트 (Copyright)를 의미하는 'C'를 뒤집어서 저작권을 반대하는 뜻을 담고 있다. '저작권을 독점하지 말고 모든 사람이 공유하자'는 정신이 카피레프트다. 저작권은 인류 모두가 노력한 결과물이기 때문에 한 개인의 소유가 되어서는 안 된다.

1971년에 국내 최초의 전자상가인 세운상가가 세워졌다. 기업이 못 만드는 제품 제작과 수리를 세운상가 기술자들이 해냈다. 그들에게 우주선 연료만 공급해 주면 달까지 우주선도 쏘아 올릴 수 있다는 속설까지 생겼다.

그러나 세운상가 기술자들이 제작한 제품에 대한 모든 권리는 대기업들이 가져갔다.

지금은 저작권이 더욱 강화되고 있다. 독점화되는 현실의 저작권 앞에 경제력이 없는 다수의 영세한 창작자들은 그 능력을 제대로 발휘할 수 없다. 그래서 개인이 소유한, 저작권이 해결된 콘텐츠(동영상, 사진, 음악, 스토리 등)를 무상으로 공유하여 카피레프트 우주선을 쏘아 올리려 한다. 불가능하다는 카피레프트 세계를 향해 날아간 우주선이 도착할 곳은 '무상공유' 사회다.

경쟁하지 않고 서로 협력하며 공유하는 세상이 우리의 미래다.

55명의 저자를 대신하여,
김형진(다큐 영화 〈기죽지 마라〉 연출)

1부

말로
못하는 표현

인천시 옹진군 바다

그리움

저 바다

건너고 싶다.

봄과 여름 사이로

헤집어 가고 싶다.

아마도 그 속에는

그리운 것들이 기다릴 게야.

_ 이소엽(한국청소년상담복지개발원 근무)

몽골 차강노르 호수.

달빛이 물비늘을 반짝이며

어딘가 노 저어 가는 두 사람을 배웅한다.

사진을 찍고 나서 보니 감쪽같이 없어졌다.

'혼자 있는 건 아니구나'라고 생각했다가

갑자기 세상 밖으로 노 저어 사라진 저들이 누군지 궁금해졌다.

_ 이주성(소설가, 〈말의 화장(火葬)〉 등)

몽골 차강노르 호수

아들이다

내가 돈보다 좋아하는 것은 아들이다.

꽃이 사람이 되었다면 그건 아들이다.

내 아들은 자폐성 장애를 가졌다.

왜 그런 개성을 가지고 세상에 태어났는지 설명하는 것은

간명하지 않겠지.

있는 것으로 족한 존재, 아들이다.

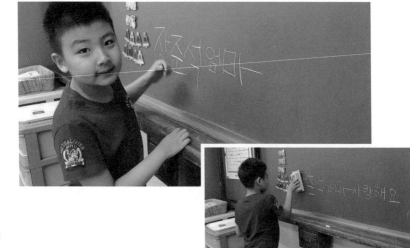

내 육체에 따뜻한 햇살을 품을 수 있다는 사실을 알게 한 것도
아들이다.

가장 살기 좋은 곳은 가장 죽기도 좋은 곳.
아들이 있어 가장 살기 좋고
가장 죽기도 좋은 이번 인생
저 세상에서도 너를 지켜 줄게.
저 세상에 가서 없으면 이 세상에
내가 다시 올게.
네가 나의 세계로 올 수 없다면
내가 너의 세계로 갈게.

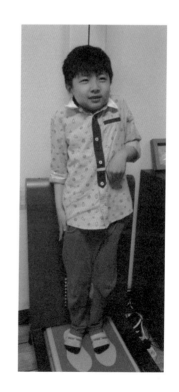

_ 박정인(해인예술법연구소 소장)

말로 못하는 표현

(사진 속의 아이처럼 한쪽 팔을 들고 이 글을 읽어보세요.)

어린아이들 손을 잡고 가다 보면 아이들이 손을 자꾸만 뿌리칠 때가

있죠. 그럴 때 우린 어르고 달래고, 때론 "너, 엄마 아빠 잃어버린다"

하고 협박도 하죠. 하지만 아이는 조금 가다 또 손을 뿌리칩니다.

그럴 때 우린 한숨 섞인 한마디를 뱉게 됩니다.

"어휴, 왜 이렇게 고집이 세?", "왜 이렇게 말을 안 들어?"

하지만 이 글을 읽는 지금, 당신은 어떠세요?

들어 올린 한쪽 팔이 저리지 않으세요?

우리 아이들도 자기 상태를 말로 표현 못했을 뿐

온몸으로 전달하고 있었을 거예요.

말로 하지 않는 아이들 표현에 조금 더 귀 기울여 보는 건 어떨까요?

(어린아이들이 엄마, 아빠와 손을 잡고 걸어가는 건 어찌 보면 벌서듯이 손을

계속 들고 있는 거예요.)

_ 임정연(방송작가, MBC 〈뽀뽀뽀〉 등 어린이 프로그램)

성우 박상우와 그의 아들

경북 청송 주산지

물드는 것이 언제나 건조한 것은 아니다.

물은 풍경에 물들어 선명해진다.

_ **최규승**(시인, 《무중력 스웨터》, 《처럼처럼》 등)

불타오르기 전

가슴 한쪽에

켜켜이 쌓아 놓은

그리움의 흔적.

_ 김남길(동화작가, 《15분짜리 형》등)

춘천시 후평동 주택가 골목

꽃 문향의 향 받침대. 그림자는 태양광을 받아 생긴 것이다.

만개

타들어 가기 전에 둥둥 떠다닐란다.

메말라 버리기 전에 두 팔 활짝 펼칠란다.

_ 배한선(건축사)

나무가 나무에게

잠시

소리 내 울어도

주저앉아도

가쁜 숨 몰아쉬어도

괜찮아요.

비바람

따가운 햇살

휘몰아치는 눈발

온 동네 떠돌던

무성한 소문들……

나도 한때는

당신처럼

마을 어귀

아름드리나무였다우.

다시

꽃은 피어나고

바람은 살랑거리고

햇살은 따사롭고

잘 왔어요, 여기까지.

_ 신윤덕(소설가, <소생> 등)

전남 순천, 송광사 불일암

시각장애인 안내견은 내비게이션이 아닙니다

시각장애인 안내견은 내비게이션이 아닙니다.

시각장애인이 안내견과 동행할 때 가고자 하는 목적지까지의 동선은

안내견 머릿속이 아닌 시각장애인 머릿속에 있습니다.

시각장애인 안내견 '훈민'

안내견은 시각장애인이 알려 주는 방향으로 장애물에 부딪히지 않고 빠르고 안전하게 갈 수 있도록 도와주는 것입니다. 안내견은 똑똑한 차이고, 그 멋진 차를 운전하는 것은 시각장애인인 셈이죠.

예쁘다고 안내견을 만지거나 부르지 않고, 몰래 사진 찍지 않고, 부담스러울 정도로 뚫어지게 쳐다보지 않고, 뒤따라 걸으며 다 들리도록 칭찬을 끊임없이 하지 않는 것이 시각장애인과 안내견을 가장 적극적으로 도와주는 것입니다.

보행 중인 안내견을 눈길로 입술로 손짓으로 제발 유혹하지 말아 주세요. 예뻐서 기특해서 착해서 신기해서 하는 당신의 애정표현이 시각장애인의 안전보행을 방해할 수도 있다는 것을 생각해 주세요.

_ 이윤희(부천시 해밀도서관 점역 교정사)

응급실에 실려 갔다 살아나니

보도블록 사이로 올라온 풀포기도 신선했다.

반년이 지나니 꽃이라야 겨우 아름다워 보이고

일 년이 지나니 이리 힘들게 살아 뭣하나 싶다.

_ 안재성(소설가, 《경성 트로이카》 등)

대전 대청호

아, 아침

오늘 아침이다
밤새 채워 놓고 잊어버렸던
내 몸의 모든 문이
머리와 등과 다리 순서 없이 일어나
깜박이는 두 눈에게 안부를 묻듯
날숨을 쉬고 있어 신기하다

아직 덜 깬 몸 안의 우주 저편
깊숙이 손을 넣어 휘저어도
짚이지 않는 틈에서
낮고 기다랗게 새어나오는 성운
통증의 별빛 무수하게 박혀
아침의 물기를 떨군다

잠겨 있던 내 몸의 문들이

삐걱이며 마저 차례로 열리는 동안

나는 간밤 꿈을

기억할 수 없고

몸 밖으로 걸어 나간

지난 꿈은 나를 추억하지 않는다

몸 안의 우주 멀리에서

서서히 깨어 바라다보는

통증의 별빛들은 깜박깜박

햇빛에 파묻혀 아프기 시작해야 할 내가

오늘을 견디며 어제로 가고 있는

아침은 더없이 신기하다

_ 김정성(프리랜서 문자노동자, 시인)

프랑스 지베르니 마을의 아침

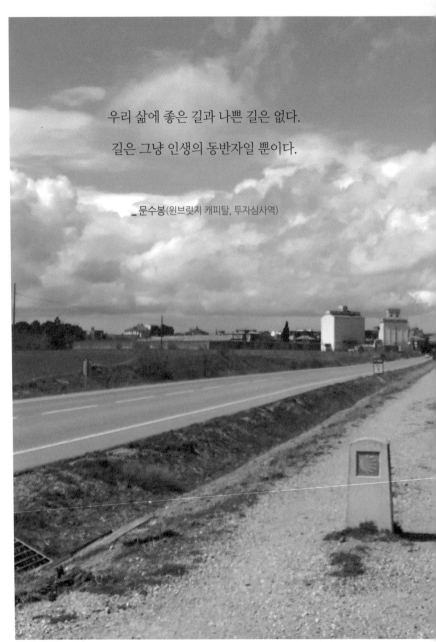

우리 삶에 좋은 길과 나쁜 길은 없다.

길은 그냥 인생의 동반자일 뿐이다.

_문수봉(윈브릿지 캐피탈, 투자심사역)

산티아고 가는 길, Carrión de los Condes 마을로 들어서기 직전

그리움

내 생의 여백을 너에 대한 사랑으로 채우고자 했다.

오직 너를 향해 기어서라도 뒤뚱거리더라도 가고자 했다.

너의 이야기를 듣고 싶었다.

일제강점기 경성을 배경으로 한 2018년 음악극 〈줄리엣〉의 거리 조명

내 귀가 물음표를 닮아 있는 것은

너에게 물었던 대답을 들어야만 했기 때문이다.

그렇게 너의 이야기에 내 삶을 잇고 붙이고 싶었다.

액자에 갇힌 그림처럼

매일매일 너를 꺼내 보고 싶었다.

그럴 수만 있다면 나를 삭혀 너를 안고 그렇게 살리라.

그러나 우리가 단맛과 통하려면 혀에서 설탕이 녹은 뒤이듯

너와 통하려면 너와의 시간이 벚꽃과 눈처럼

눈물이 되어 쏟아지고 나서야

너는 언제나 내 발밑 등불이었음을 알았다.

그렇게 사랑은 격렬한 현재가 아니라 저리도록 그리운

다 닳은 구두 뒤축 같은 것이다.

바람이 당기는 대로 저리도록 아픈 그리움.

_ 박정인(해인예술법연구소 소장)

서울 명동 앞 도로(2015년)

다 잘할 필요 없잖아

우리는 사진을 찍으려면
평소 접하기 어려운 피사체를 찾는다.
늘 보이는 주위의 모습은 외면한 채.
내가 찍은 이 사진은 위쪽이 잘려 있고
구도도 엉성하다.
잘 찍지 못한 사진, 평범한 사진
그래, 인생, 꼭 다 잘할 필요 없잖아.

_김형진(다큐 영화 〈기죽지 마라〉 연출)

노랑 의자가 있는 초록색 식탁에

정성껏 밥상을 차리겠습니다.

슬픔을 반으로 나누고 기쁨을 배로 만드는

기적의 밥상을.

_ 구경희(세실영어학원장)

네임펜과 아크릴 물감 그림

전남 순천, 송광사 불일암

물에 비치는 스님
물속에서 물 밖을 비질하네.

_수안 스님

아들아, 막걸리 한 되 받아 오래이!

아들은 홀짝홀짝 취해서

아부지, 오늘 막걸리 엄청 싱겁십니더.

_ 김남길(동화작가, 《15분짜리 형》 등)

파주 헤이리 예술마을

미국 애리조나주 그랜드캐니언

억겁의 시간 속

우리는 작은 바람 한 줌

작은 바람의 희망은 정직한 시간의 역사

그리고 그 역사를 관통하는 사랑.

_ 신현철(분도프로덕션 프로듀서)

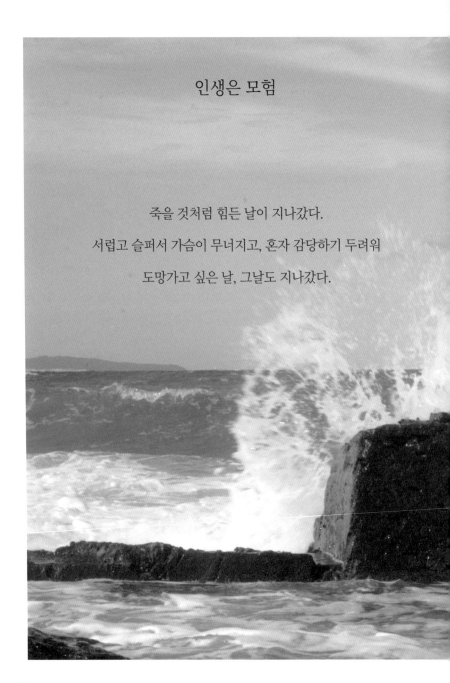

인생은 모험

죽을 것처럼 힘든 날이 지나갔다.

서럽고 슬퍼서 가슴이 무너지고, 혼자 감당하기 두려워

도망가고 싶은 날, 그날도 지나갔다.

지나간 날은 모두 어제가 되었다.

어제, 삶은 죽음과 탄생을 이어 가는 모험이었어.

내일을 향한.

_ 고영란(르포 작가, 《우린 잘 있어요, 마석》 등)

포항 바다

어미 태를 빌려 난 것들의 생은

두려움의 다른 이름인지도 모르겠습니다.

두려워 미워하고 두려워 사랑하고

두려워서 비루하고 두려워도 고귀할 수 있는

별과 어두운 하늘이 뗄 수 없는 한 폭의 풍경이듯

생과 두려움도 한 몸이어서

늘 검푸른 하늘을 닮았습니다.

_ 박현식(동아예술대학 겸임교수)

경복궁 경회루 옆 물에 비친 소나무와 그림자

독일 다하우 유대인 수용소 철책 정문과 시체 소각장

어제와 오늘

일할 수 있는 이와 노동력을 상실한 이가 나뉘고

어제와 오늘

산 자와 죽은 이가 나뉜다.

'노동이 자유롭게 하리라(Arbeit Macht Frei).'

산 자는 소각로의 연기와 타는 냄새로

그들이 돌아오지 못함을 알았고

죽은 이들은 소각장의 한 줌 재가 되어서야

저 담을 넘을 수 있었다.

_ 신수진(출판사 '지구의아침' 대표)

그들은 누구인가?

나는 어제 그들을 보았다.
출세와 탐욕에 눈먼 그들
그들은 누구인가?

나는 오늘 그들을 보고 있다.
욕망과 허영에 집착하는 그들
그들은 누구인가?
위선으로 가득 찬 우리들이다.

_김재목(뮤지컬 제작자, 〈담뱃가게 아가씨〉 등)

독일 베를린 장벽에 그려진 〈형제의 키스〉. 옛 소련의 브레즈네프와 동독의 호네커가 입을 맞추는 장면을 풍자한 벽화로, 잘될 것 같았던 두 나라는 이후 1991년에 몰락했다.

2부

마음씨보다
더 다사로운
소식은 없다

몽골 초원

몽골 초원을 달리다가 오랜만에 만난 게르.

거기 한 남자가 앉아 있었다.

10월부터 3월까지 저 '디리하르' 저지대에

눈이 덮이면 거의 나가지 않고 지낸다고 한다.

도대체 뭐를 하면서?

물음도 대답도 싱겁다.

"아무것도 하지 않는 것을 하면서 지낸다."

_ 이주성(소설가, 〈말의 화장(火葬)〉 등)

어떤 만남

동물과 무생물 그리고 식물이 나란히 섰다.

아이가 묻는다.

"한 자리에만 있으면 심심하지?"

돌이 대답한다.

"한 자리에 머무르면 많은 걸 본단다."

나무가 거든다.

"내 땅을 떠난 적이 있었어. 죽다가 살았지."

백년을 살고 만년을 살며 천년을 사는 것들이 만났다.

_ 이소엽 (한국청소년상담복지개발원 근무)

경기도 과천시

일본 오키나와 요미탄 도예마을

하늘 너머에는 하늘이 있고,
처마 밑에는 처마 밑이 있다.

_ **최규승**(시인, 《중력 스웨터》, 《처럼처럼》 등)

우리는 늘 뭔가를 배우고 익히느라 분주하다.

하지만 정작 우리가 배워야 할 것은……

가만히 앉아 있는 법.

_ 성수선(에세이 작가, 《밑줄 긋는 여자》 등)

베트남 북서부 라오까이. 중국 윈난성과 국경, 하노이에서 380km

신문

살짝

서울 서초구 방배4동 주민센터 인근의 주택가

마음씨보다 더 다사로운 소식은 없다.

_ 변택주('꼬마 평화도서관을 여는 사람들' 바라지)

실에 몸을 엮어 하염없이 올라갈 수 있다면,

낮에 뜨는 달에게 가서 인사하고파.

_ 송평강(셀수스협동조합 사무국장)

서울 상암동 난지공원(2014년)

어디였더라?

지난겨울

내가 숨겨 둔

밤, 도토리, 상수리……

여기 있지요.

재잘재잘

파릇파릇

까르르륵

새순이들^^.

_ 신윤덕(소설가, 〈소생〉 등)

전남 순천, 송광사 불일암

베트남의 하노이 쌀국숫집 포텐(Pho10). 문재인 대통령이 아침식사를 한 것으로 알려진 곳이기도 하다.

맛있는 쌀국숫집은 늘 북적거린다.

밤새 우린 국물에 속이 풀어지듯 각진 마음도 녹아내린다.

좌석의 회전율과 육수를 우리는 시간은 반비례한다.

인생의 회전율도 다르지 않을 것 같다.

모내기를 하듯 시간을 심어야 한다.

_ 성수선(에세이 작가, 《밑줄 긋는 여자》 등)

시간 요정

"난 여기 있는데 사람들은 저 건너편에 가 있고, 난 걸음이 느린데 사람들은 너무 빨라. 느리니까 가슴이 답답해. 뛰는 사람들 속에 천천히 걷는 나, 화가 나."

오랫동안 말을 잃었던 나는 어느 날부터 말을 찾았다.

하지만 누군가와 말하는 법이 익숙지 않은 나의 입속말을 아무도 듣지 못했다.

"친구가 있음 좋겠어. 내 말을 들어 줄 친구."

바람이 살랑거릴 때 숲속 어딘가에서 누가 나를 보고 반짝 웃었다.

"날 찾았니? 난 시간이야."

빛으로 온 친구는 그 빛의 한 가닥을 내 손에 쥐여주었다. 선물이라고, 이제 맘껏 시간의 주인이 되어 보라고.

_고영란(르포 작가, 《우린 잘 있어요, 마석》 등)

산티아고 가는 길, 사리아 근처의 일몰

무심코 내민 손이 누군가에겐 절실한 희망입니다.

지금 당신의 손을 내밀어 주세요.

_ 목연희(드라마 작가, 시트콤 〈세 친구〉 등)

손을 모으면

때리는 손이 사라진다.

＿ **변택주**('꼬마 평화도서관을 여는 사람들' 바라지)

길상사 관음보살상

"다 싫어!"

_목연회(드라마 작가, 시트콤 〈세 친구〉 등)

혼밥, 혼술, 혼영

지칠 때도 있고 혼자가 편할 때도 있는데

혼자 사는 세상은 아닌 것 같다.

_ 나단경(변호사)

어딘가에서

우리는 살면서 수많은 사람들을 만납니다.
그 만남 속에 관계를 이어 가는 사람도 있고
단 한 번의 만남으로 끝나 추억이 되는 사람도 있습니다.

십 년 전 여름,
연탄배달 봉사를 하는 중에
갑자기 비가 내리기 시작했습니다.
우리가 배달하는 집의 아이였을까?
대문 입구를 우산으로 받쳐 준 어린 친구가 있었습니다.

우리는 사랑하는 사람, 친구가 아니더라도
내리는 비에 누군가에게 한쪽 어깨를 내어 주는
그런 사람이 되었으면 좋겠습니다.

_ 성유숙(사진작가, 성공회 나눔의집 자원봉사자)

동두천 광암동 연탄배달 봉사 중에 만난 어린아이
(2008년)

잊혀진 계절

시월의 마지막 밤은
누군가라도 만나야 한다.

없는 약속을 만들어야 하고
있는 약속을 취소하며
이젠 다 옛일이 되어버린 혹은
있지도 않은,
추억을 애써 불러 앉혀야 한다.

시월의 마지막 밤과 상관없는 이와
시월의 마지막 밤과 상관없는
노래를 부를지언정
당신은 노래방에 가야 한다.

테이블 위의 LP판

반쯤 열린 노래방 틈새로

누군가의 잊혀진 계절이

흘러나올지라도 놀라워할 것 없다.

그도 사람이니까.

인간들 모르게 묵시적으로

도시가 비틀거리기로 약속된 밤.

지금은 세상에 없는 밤.

건조한 11월을 견디려면

시월의 마지막 밤은 누군가라도

만나야 한다.

_ 이백현(광고 카피라이터)

어느 요양보호사의 아침

요양보호사의 아침은 창문을 열고 환기를 시키면서 요양원 어르신들의 밤사이 안부를 묻는 것에서부터 시작된다. 하루 종일 누워서 생활할 수밖에 없는 장기보험 1급 환자와 자신의 이름조차 기억에 없는 치매 어르신을 나는 '뮤즈'와 '제우스'라 부른다.

그들은 그리스·로마 신화에 나오는 신들과 같다. 치열하게 한평생을 살다가 이제는 쉬러 온 뮤즈와 제우스.

나는 이곳 요양원을 하늘나라로 가기 전 단계인 '하늘정원'이라고 부른다. 하늘정원에서 뮤즈와 제우스는 몸이 점점 가벼워진다. 마치 어린 왕자가 자신의 별로 돌아가기 위해서 자신의 몸과 이별을 고했듯이.

나도 언젠가는 이들 뮤즈와 제우스의 자리에 있을 것이다. 누군가 와서 갈아 주기 전까지는 축축한 기저귀에 몸을 맡겨야 할 것이다. 누군가 와서 내 입안에 숟가락으로 죽을 넣어 주기 전까지는 목이 마른 것도 견뎌야 할 것이다. 누군가 와서 내 손과 발을 어루만져 주기까지 담요 밖으로 갑갑한 발을 빼내지도 못할 것이다.

비 오는 날엔 요양원에서 요일마다 바뀌는 프로그램에 동원되어 휠체어에 실린 채 실내복을 입은 상태에서 낯선 사람들과 어울려 시끄러운 노래를 들어야 할지도 모른다. 열정에 가득 찬 봉사자에 의해 억지로 간식을 먹어야 할지도 모른다.

벚꽃이 흩날리는 4월의 아침, 요양원으로 출근하는 길(2017년)

운이 좋으면 침대 곁에서 내 손을 잡고 한동안 체온을 나누어 줄 봉사자도 만날 수 있겠지. 모르겠다. 낯선 사람의 체온이 반가울지 어떨지. 지금 생각엔 아무 말 없이 그저 손을 잡고 따스한 체온을 나누어 주는 사람이 고마울 것 같다.

몸에 좋다고 억지로 먹이는 일만은 없었으면 좋겠다. 젊어서도 몸에 좋은 음식을 찾아 먹지 않던 내가 하늘나라에 가기 직전, 그것도 억지로 먹게 된다면 고통스러울 테니까.

_ 이은주(일본문학 번역가, 요양보호사)

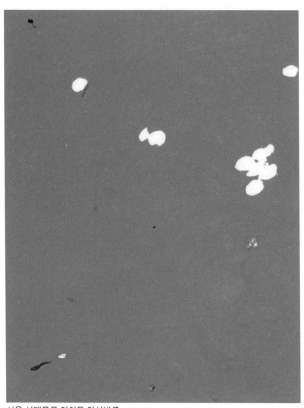

서울 서대문구 연희동 안산방죽

봄

흠흠

전

그냥 올챙이 아니고

연희동 사는

두꺼비 올챙이올시다.

_ 이현숙('탁틴내일' 대표)

암호 같은 일기

생후 36개월 여름, 소뇌종양 진단을 받았다. 어느새 스물아홉 살.

일기장에 초성만 빽빽이 쓰인 현준의 하루를 나는 기가 막히게도

읽는 능력이 있다.

"어. 시. 우유. 사. ㅅㅍ……."

'엄마랑 슈퍼 가서 우유를 사 왔다'는 뜻이다.

가끔은 "ㅇㅁㅌ", 이날은 놀랍게도 이마트 간 날이다.

초성만 쓸 줄 알아도 우리 가족은 현준을 자랑스러워한다.

신통하게도 녀석은 능력이 많다.

낮 3시부터 5시까지 카페라테를 마시며(물론 혼자 우유를 타서 만드는

커피) 신문을 읽고, 밤 10시에는 암호 같은 일기를 쓴다. 이십 년이

넘게 그 일과를 해 오고 있다.

_ 신경령(초등학교 특기적성 교사)

모나코 그레이스켈리 왕궁 앞 거리

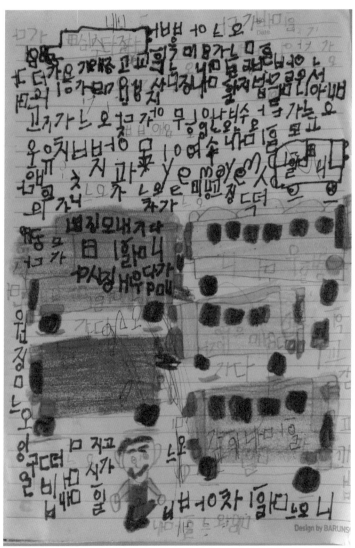

표현준의 일기

오일 파스텔과 수채물감 그림

어릴 때부터 기타를 연주하고 싶었습니다.

연주 대신 보라색 기타를 그려 봅니다.

생의 절반에서 반쯤 이룬 꿈입니다.

_ **구경희**(세실영어학원장)

손잡이

오늘 아침에 버스를 탔는데, 마침 자리가 없어 서 있었습니다.

구불텅한 길을 심하게 요동치며 가는 버스, 그리고 운전기사는 승객의 안전보다도 빨리 가야 한다는 일념으로 속도를 냅니다. 그러다가 끼익~ 급브레이크를 밟습니다.

승객들은 순간 모두 놀란 표정이고, 서 있는 사람들은 몸의 중심을 잃었습니다. 그런데 작은 손잡이가 그 손잡이보다 수백 배는 무거울 사람들을 잡아 주었습니다.

그 작은 손잡이 하나에 기대어 사람들은 닥친 위기를 피했습니다.

버스에 있는 별것 아닌 작은 손잡이의 위력을 실감합니다.

세상 살다가 넘어질 일이 있다면 일어나야겠지만, 큰 것 찾아서 일어날 생각 말고 때론 작은 손잡이라도 거대한 산이 될 수 있고, 거대한 둑이 될 수 있고, 거대한 언덕이 될 수 있다는 사실을 살펴볼 일입니다.

서울의 시내버스 안

살아가면서 나를 지켜 줄 거대한 언덕은 바로 나의 주변에 있지만,

평소에 무심했던 작은 손잡이⋯⋯ 찾아보아야겠습니다.

_ 오기출(푸른아시아 상임이사, 《한 그루 나무를 심으면 천 개의 복이 온다》)

3부

세상의 주인이
사람일까

인간의 이익을 위한 모든 가치는

돌, 물, 풀, 별꽃과 함께 살아온 도롱뇽의 시간으로

돌려보내야 한다.

_ 임성용(시인, 전태일문학상 수상)

세상의 주인이 사람일까?

_ 김찬휘(정치경제연구소 '대안' 부소장)

오스트레일리아 원주민의 성지 울룰루(Uluru). 이곳 원주민은 세상이 창조되고 사람과 세상, 사람과 사람이 관계하면서 어우러져 함께 살아가는 원리를 중시한다. 이들에게 Tjukurpa(법, 원리), Anangu(사람), Ngura(땅), 이 세 가지는 서로 떼어낼 수 없는 것이다. 사람이 세상의 주인이라는 생각 자체가 오만이 아닐까?—일몰의 햇빛을 받고 있는 울룰루의 색이 시시각각으로 변한다.

피노키오 나무

2010년경 이탈리아 환경 관련 업체와 신재생에너지 합작 사업을 검토한 적이 있다. 합작 사업의 타당성 검토를 위해 파트너사의 본사가 있는 이탈리아 피사를 몇 차례 방문했는데, 한번은 파트너사의 회장이 자택으로 만찬 초대를 했다.

피사와 피렌체 중간쯤에 위치해 있는 회장의 집은 포도밭이 펼쳐진 산등성이를 자동차로 한참을 올라가야 하는 산꼭대기에 있었다. 그런데 일반적인 저택이 아니었고, 야외 음악당과 가족교회까지 있는 오래된 작은 성(城)이었다.

회장 부부뿐만 아니라 피사와 피렌체에 살고 있는 아들과 딸까지 현관 앞에서 따뜻하게 환영해 주는 것을 보고, '이탈리아 사람들이 정말 가족적이구나'라는 느낌이 들었다.

30분 정도 저택을 구경하고 정원에서 칵테일을 한잔하는데, 회장이 사진 속의 나무에 얽힌 비화를 이야기해 주었다.

이탈리아 피렌체

1800년대 후반 카를로 로렌치니가 이 집에 머물고 있었을 때, 정원
의 이 나무에서 영감을 얻어 《피노키오의 모험》을 썼다는 것이다.
내가 사실이냐고 묻자, 회장은 내 코가 늘어났냐고 되물어 모두 한
바탕 유쾌하게 웃었다. 그리고 사실이라고 답했다.

카를로 로렌치니는 카를로 콜로디라는 필명을 썼는데, 근처에 콜
로디라는 마을이 있다고 하니 그럴 수도 있었겠다는 생각이 들었
고, 또 예의가 아닌 것 같아 더 이상 사실여부를 묻지 않았다. 그때
사진을 한 장 찍어 두었다. 지금도 이 사진을 보면 작가의 상상력에
감탄하곤 한다.

_ 정상환(전 삼성물산 독일법인장)

대통령 아저씨

베트남 사람들은 호찌민을 '박호'라 부른다.

베트남어로 박은 아저씨인데, '호 아저씨'라 불리는 호찌민은 국민들에게 친근한 존재다.

호찌민에게는 딸이 하나 있는데, 그 딸은 정계·재계 어디에도 나타나지 않는다. 아버지 호찌민의 유언에 따라 조용히 살고 있다.

한국에는 전두환 아들, 이명박 아들, 박정희 딸이 정치 등에 나서서 국민들을 괴롭게 했다.

한국 사람들은 전직 대통령들에게 '대머리', '쥐박이', '닭그네'라는 호칭으로 혐오감을 표한다.

내가 "아저씨!"라고 부르면 뒤돌아서 씨익 미소 지어 주는 그런 대통령을 상상해 본다.

_ 전라영(베트남 25년 거주, 비즈니스 컨설턴트)

베트남 호찌민시, 호찌민 동상

CHỦ TỊCH HỒ CHÍ MINH
(1890 - 1969)

보조침대

커튼으로 둘러친 칸막이 은밀한 공간

노크도 없이 공간은

침탈당한다.

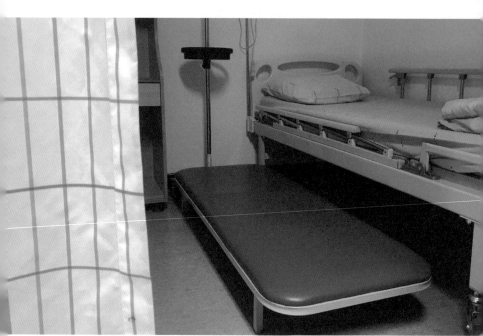

서울의 한 종합병원 입원실

밤 10시 이후

한 병실, 여섯 개의 공간이 소등되고

환자들이 뱉어 내는 숨의 찌꺼기와 오줌 지린내가

스프레이 퍼지듯

환자 침대 바로 밑

보조침대에

침투한다.

'절대안정, 금식' 팻말이 붙은 환자 침대

링거 병이 부정맥처럼 흔들리면

보조침대 보호자는

링거 병을 마지막 잎새로

착각한다.

보조침대에서 쪽잠은

양발이 빼꼼 나오고

머리는 미니 냉장고에 닿을 듯 말 듯

죽으면 누울 관도 이보다는 편하지 않을까?

연식을 알 수 없는 냉장고는
컴프레서 수명이 다한 듯
그르륵~ 가래 끓는
석션 소리를 내고 있다.

낮에는 의자, 밤에는 보조침대
낮에는 토벌대, 밤에는 빨치산 시절이 있었다는
건너편 침대 치매환자 할아버지 증언에
보조침대는 하루 종일
불안하다.

절대 죽지 않을 것 같던 어린 시절
느티나무 아래
어른 서너 명이 누워도 넉넉했던
평상에서는
하늘이 파랗게 보였다.
바람 소리가 시원하게 들렸다.
떨어지는 밤하늘 별똥별⋯⋯.

보인다.

자살 방지를 위해 열리지 않는 병실 창문,

충돌하는 치명적 병명들,

운명을 낙하시키는

천장 스프링클러가

보인다.

찌든 것조차 마비된 새벽

보조침대를 튜브 삼아 허우적거리는데

의사, 간호사가 자기 집 화장실 문 열듯

커튼 장막 안으로 상륙한다.

아메리카 대륙에 나타난 콜럼버스 일행처럼…….

보조침대에서

환자보다 먼저 일어나

똥 싸다 만 자세로 그들을 환영한다.

자비를 구하는 식민지 원주민의 모습으로.

_ 김형진(다큐 영화 〈기죽지 마라〉 연출)

"바람이 분다, 살아야겠다"

폴 발레리는 〈해변의 묘지〉 마지막 연에서 "바람이 분다, 살아야겠다"고 노래했다.

그리고 남프랑스 항구도시 세트의 해변 묘지에 묻혔다.

사진은 아프리카 대륙에서 북서쪽으로 약 100km 떨어진 카나리아

카나리아 군도에 위치한 란자로테 섬

군도 중 하나인 란자로테(Lanzarote)의 풍경이다. 섬 전체가 화산섬이라 황량해 보이지만, 이곳에서 생산되는 포도주는 뉴욕의 고급 레스토랑에서도 판매된다고 한다.

대륙의 사하라 사막에서 불어오는 모래바람 때문에 서너 시간만 돌아다녀도 풀을 쑨 듯 머리카락이 떡이 지는 곳. 그래서 사람들은 산기슭에 얕은 구덩이를 파고 주변을 20cm 정도 높이로 돌담을 쌓은 뒤 포도를 심는다. 포도는 모래바람을 피해서 돌담 안에서만 자라는데, 옆으로 누워 자란다. 포도송이도 땅에 닿을 듯 매달려 있다.

자연의 거대한 힘을 거스르지 않고 치열하게 생존하고 열매를 맺어 가는 그들의 모습에서 많은 것을 생각하고 느끼게 된다.

바람이 분다, 살아야겠다.

_ 정상환(전 삼성물산 독일법인장)

베트남 호이안 투본 강가

아비가 버리고 간 손주 셋이 무거워 굽은 등

팔순이 넘도록 할매는 장날 새벽마다 어둠을 빚어 떡을 만드셨다.

먼 이국땅 강가에서 이국의 할매는 석양을 찾아온 관광객들에게

소원 양초를 팔았다.

낯선 할매가 굽은 등으로 그곳에 있어 비로소 석양이 아름다웠던

낯선 땅.

_ 박현식(동아예술대학 겸임교수)

인류의 스승 톨스토이 백작의 고통스럽게 일그러진 얼굴.

안으로 침잠하는 그와 시선을 교환하기 위해 무릎을 꿇었지만

결국 그의 눈을 보지는 못했다.

무능한 국가를 향해 회초리를 들고, 부패한 교회를 향해

사자후를 터트린 그의 목소리가 들리는 듯하다.

_ 함영준(단국대학교 노어노문학과 교수)

톨스토이상. 모스크바 트레티야코프 미술관(2016년 6월)

2018년 독일 뮌헨 마리엔 광장 줄리엣 동상. 이 동상의 가슴을 만지면 행운이 온다는 설이 있어
여행객들은 이곳을 찾아와 만지고 간다. 독일 여성들은 이 동상에 'MeToo' 를 걸어 놓았다.

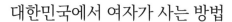

대한민국에서 여자가 사는 방법

누가 알아주냐고?

바뀔 리가 있겠냐고?

바위처럼 단단한 남성 젠더 권력층에게

어쩌면

계란을 던지는 행위라 말한다.

하지만 우리는 계란이 아니며

하물며 너희도 바위가 아니다.

_ 김영서(대학생, 성균관대학교)

내가 지켜야 할 약속

처음 지구에서 생명을 시작한 존재들의 약속

지구를 파괴하지 않고

지구가 우주에서 행해야 할 역할

얼어 있는 백두산 천지

아직도 우리는 그것을 기억하고 있을까?

그렇다면 인류가 지금까지 행해 온

지구생명에 가한 대책 없는 파괴를

어떻게 설명해야 할까?

_ **오기출**(푸른아시아 상임이사, 《한 그루 나무를 심으면 천 개의 복이 온다》)

세상에서 제일 어려운 일은, 자기 자신을 거역하는 일.

Rebel Against Yourself.

_ 김찬휘 (정치경제연구소 '대안' 부소장)

쿠바 산타클라라의 '체 게바라 동상'. 아르헨티나 상류층 가정 출신의 의사였던 체 게바라는 풍족
하고 안정된 삶을 버리고 남미 민중을 구하는 혁명가의 길에 뛰어들었다. 쿠바 혁명의 2인자로서
혁명이 성공한 후 국립은행 총재, 산업부장관 등을 지냈으나, 그는 권력과 지위를 버리고 볼리비
아의 정글로 뛰어들었다. 체 게바라는 현재의 자신에 안주하지 않았다. 자기에 대한 끝없는 반역,
'체'가 진정한 혁명가인 이유가 여기에 있다.

서울 강남구 도곡동의 고시원 내부(2018년)

복도 끝은 쉽게 보이지만

젊은 인생들이 살아갈 길은 좀체 보이지 않는다.

_ 김경태(JY Entertec 프로듀서)

'Mask of Sorrows'

러시아 북극 초입의 마가단이라는 도시에 있다.

러시아 혁명 이후 강제 노역으로 끌려왔던 죄수들이

고향으로 돌아가지 못하고 죽어 갔는데,

그 애틋한 마음이 석상으로 만들어졌다고 한다.

깊은 겨울에는 영하 40도 이하로 내려가는 마가단.

이곳에서 아무도 모르게 죽어 간 한인들도 있었다.

눈으로 덮은 그리움은 녹을 수 있으나

눈물로 덮은 그리움은 영원히 녹지 않는다.

_ 김상철(영화감독, 〈제자 옥한흠〉 등)

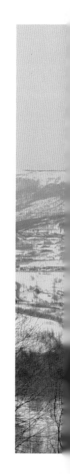

러시아 마가단

서울 홍제동의 내부순환로 아래

어렸을 적 보던 공상과학 애니메이션들에는

지상의 낡고 지저분한 건물들, 그리고

그 속에서 얽히고설켜 버둥거리며 하루하루 열심히,

하지만 너무나 힘겹고 건조하게 살아가는 사람들이 항상 나왔다.

저 공중 위의 화려하고 깔끔한 삶과는 너무나도 대비되는.

그런 먼지 구덩이의 미래는 영화에만 그쳤으면 싶었는데

누가 그런 삶을 살고 싶어 하겠는가 하는 생각 때문에.

하지만 20년 넘게 살아온 우리 동네의 고가도로 아래는

20년 전부터 이미 그런 모습이었다는 걸 왜 몰랐을까?

_ 오제하(대학생, 연세대학교)

하늘 방향으로 '일방통행' 하라는

이 길의 끝은 쿠오바디스 도미네*?

_ 김경태(JY Entertec 프로듀서)

* '쿠오바디스 도미네'는 '주여 어디로 가시나이까?'라는 뜻

서울 강남구 도곡동의 전봇대

서울시 동작구 한강둔치 시민공원

도시에 세워야 하는 것은 아파트만이 아니다.

_ 김정일(안국동 '밝은방' 사진선생)

강원도 오대산 월정사

알게 될까

빌어도 빌어도

이루어지지 않는 것은

비우고 비워야

이루어질 필요가 없게 된다는 것을.

_수안 스님

남양주시 운길산 수종사의 은행나무

나무 이야기

닿을 수 없음을 알기에

나무는 땅에 뿌리를 내린다.

그래도 나무는

닿을 수 없는 하늘을 그리며

가지를 뻗는다.

땅을 딛고도

하늘을 향하는 것은

희망만이

생명을 지키는 길임을 알기에

닿을 수 없는 하늘을 향해

가지를 뻗는다.

대지에 깊이 뿌리를 박은 채…….

_ 장동만(남양주시외국인복지센터 사무국장)

섭지코지

여기 묻히고 싶다는
남자의 말

여기 나를 두고 가라는   풀을 뜯는
여자의 말   망아지 한 마리

억새가 눕고   나
사람들이 휘청거리는   여기 묻히고 싶어

나   나를
여기 서 있다   여기 두고 가

깊이 박힌 억새들   _ 임옥경(프리랜서 기자)

우리
여기서
행복
하자

제주도 섭지코지

4부

꽃은
심장에서 핀다

북아일랜드 자이언트 코즈웨이

무지개 너머에 희망이 있다.

그 꿈에 닿고 싶다.

_ 김조광수(청년필름 대표, 영화감독)

1990년대 초 DJ 한용진

오늘 나는 밥을 먹고 산책하고, 친구도 만나고

왕년에 잘나갔다.

'서태지와 아이들' 데뷔하던 시절

한용진의 리믹스 DJ가 나이트클럽을 평정하고 있었다.

KBS TV 출연, SBS 라디오 DJ를 하고
〈카 드라이브 뮤직〉 음반이 대박 나면서
많은 돈을 벌어 여러 가지 사업을 했다.

사업이 잘 안 됐다.
남들은 너무 앞서가는 사업 아이템이라고들 했다.
앞서갈 때 나는 늘 불안했다.
후배들한테 추월당할까 봐······.

이제 젊은 사람들은 나를 잘 모른다.
지금은 앞서가는 사람들을 바라보는데
마음이 편하다.
'서태지와 아이들'과 동급이라던 DJ 한용진의
왕년은 사라지고 내게는 오늘이 남아 있다.
오늘 나는 밥을 먹고 산책을 하고
친구도 만날 수 있다.
오늘이 괜히 소중하다.

_ 한용진 (한국 최초의 리믹스 DJ)

2018년 6월, 미국의 트럼프 대통령과 북한의 김정은 위원장이 싱가포르 정상회담을 하면서 화해 분위기가 형성되었다. 내가 2017년에 찍은 이 사진은 이제 박물관에 걸렸으면 하고 바란다.

판문점에서

벽도 없다. 철조망도 없다.
이념과 체제, 관념만이 날카롭다.

자유가 중요해. 평등이 중요해.
먹고 먹히는 프레임만 존재한다.

겨울이 가려나, 봄이 오려나
절망의 땅에 또다시 씨앗을 던져 본다.

본질이 무엇인지, 진실이 무엇인지
이제는 조금씩 솔직해 보자. 인간적으로.

_ 정평기(전 KBS미디어 경영지원센터장)

태안의 튤립 축제(2017년 5월)

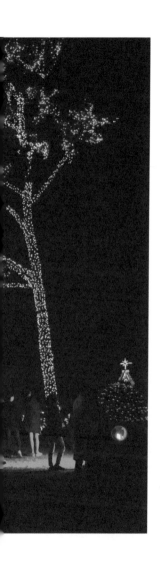

꽃은 심장에서 핀다.

네온꽃등을 켠 나무는 심장의 불을 껐다.

_ 임성용(시인, 전태일문학상 수상)

교토의 겐코안(源光庵) 사찰

피천장

일본 교토의 몇몇 절에는 사람들의 핏자국이 선명하게 남아 있는 '피천장[血天井]'이 있습니다. 도쿠가와 이에야스는 1600년 임진왜란을 일으킨 도요토미 히데요시의 잔존세력을 물리치고 일본을 통일했습니다. 이때 히데요시 군의 공격을 유도하는 미끼 역할을 한 뒤 후시미성에서 자결한 부하들의 공이 결정적이었습니다.

이에야스는 부하들의 극락왕생을 빌고 영원히 잊지 않기 위해, 부하들의 피가 묻은 나무마루를 가져다 절의 천장을 만들도록 하였습니다. 일본인들은 기억하고 싶은 역사와 기억하기 싫은 역사를 무섭게 구분하는 것 같습니다. 400여 년 전의 '피천장'은 여러 군데 남아 있지만, 100년도 안 된 위안부나 강제 징용자의 흔적은 찾아보기 어려우니까요.

_ 정치영(한국학중앙연구원 교수)

8명의 노벨상을 배출한 이 명문대학의 교정에서

고양이를 추모하는 이유는?

인간의 실험으로 죽어 간 수많은 고양이를 추모하기 위함이다.

고양이에 대한 존경, 마치 뮤지컬 〈캣츠〉의 '메모리'가 들리는 듯하다.

_ 함영준(단국대학교 노어노문학과 교수)

러시아 상트페테르부르크 국립대학 교정, 생물학부 앞(2016년 6월)

물 이야기

물은 하늘을 품고 반짝인다.
굽이진 물길을 따라 그저 흐르는 물은
관조하듯 말없이 세상을 품고는
못이 있는 곳에 잠시 쉬었다가
또다시 물길을 따라 흘러 들어간다.

그래도

물이 흘러

생명을 키우고

그래도

물이 흘러

그 육중한 바위를 깎아내어

새로운 길을 낸다.

제주시 조천읍 동굴의 다원 '다희연'

부드러움이 힘을 키우고

일관된 흐름이 세상을 바꾸어낸다.

_ 장동만(남양주시외국인복지센터 사무국장)

선라이즈보다 선셋이 좋은 이유

선라이즈(sunrise)와 선셋(sunset)은 둘 다 구별할 수 없을 정도로 아름답다. 하지만 개인적으로 선라이즈보다 선셋을 좋아하는 이유가 있다. 월급 노동자로서 선라이즈 다음에 오는 아침에는 출근을 해야 하지만, 선셋은 보통 퇴근길에 맞이하기 때문이다.

같은 수준의 아름다움이라 할지라도, 그 순간의 내 마음가짐에 따

경기도 일산

라 다르게 느껴지는 것이 신기하다.

만일 자본가가 되면 선라이즈가 더 좋아지게 될까?

혹시 그런 날이 오더라도 선셋을 좋아하는 수많은 노동자의 마음을

늘 헤아려야겠다.

_ 주상필(데이터 사이언티스트)

그날 밤 트래펄가 광장에서*

2017년 6월 3일

그날 우리는 트래펄가 광장에서 같이 울었습니다.

런던브리지에서의 그 밤

우리는 트래펄가 광장에서 울어야 했습니다.

그날 밤 나는 울고 말았습니다.

텅 빈 트래펄가 광장을 걸으며

서슬과 같이 시퍼런 불빛들은

우리의 눈물과도 같이 차갑고

을씨년스러운 날씨에 한 줌 비.

그날 아침

우리는 트래펄가 광장에서 웃고 떠들고 마시고

노래하고 기도하고 자랑하며

쏟아지는 햇빛에 사랑했습니다.

영국 런던, 트래펄가 광장 테러 직전의 모습

그날 오후

울음이 찾아와 햇살을 덮어 버린 그날

우리는 영문도 모른 채 울어야 했습니다.

그날 오후, 그날 밤 트래펄가 광장에서.

_ 윤성준(영화감독, 영국 Northern Film School 졸업)

* 2017년 6월 3일 영국 여행의 명소 런던브리지에서 의문의 차량이 인도로 돌진해 수많은 사상자를 낳았다. 테러는 거기서 그치지 않고 버러마켓 등 사람들이 모이는 곳을 겨냥해 총 8명의 사망자를 낳았다. 런던브리지에서 가까운 곳에는 영국 승리의 상징인 트래펄가 광장이 있는데, 그날 밤만은 어떤 승리의 분위기도 왁자지껄함도 없는 슬픔의 공간 그 자체였다. 이 글은 끔찍한 일이 발생한 그날 아침의 생동감 있던 광장이 몇 시간 만에 비극의 현장으로 바뀐 모습을 떠올리며 쓴 것이다. 다시는 이런 비극이 반복되지 않기를 바라며……

강원도 백운산 등산로

인간이 다가서도 꿈쩍 않는다.

눈앞에서 제 짝을 잃은 황망함 때문일까,

아니면 인간이 쳐 놓은 유리벽에 대한 분노 때문일까?

_ 채희만(인피니티 북스 출판 기획자)

개꿈

뒤뜰을 거니는 볏세운 날짐승의 거친 횃소리

담옆을 지나며 내뱉는 쇠짐승의 역한 숨소리

바람에 묻어와 콧등을 간질이는 여린 풀내음

아련히 들리는 익숙한 목소리와 낯선 발소리

머리를 식히고 잠시만 눈붙이면 네가 왔을까

_ 이세일(KTH 영화 프로듀서)

전주의 어느 집 마당

바위에 이름을 새기는 것

바위에 이름을 새기는 것을 '제명(題名)' 또는 '각자(刻字)'라고 합니다. 제명은 중국에서 유래하여 조선시대에 매우 성행하였습니다. 금강산 만폭동에 명필 양사언이 남긴 제명은 "만폭동 경치 값이 천 냥이면, 그중 오백 냥은 양사언의 글씨 값"이란 말이 있을 정도로, 당시 사람들이 꼭 구경하는 관광코스였습니다.

오늘날에도 우리나라나 중국 사람이 세계 각지의 관광지에 자신의 이름을 남겨 비난을 받곤 하는데, 어찌 보면 유구한(?) 전통이 있는 행위입니다. 물론 조선시대에도 제명은 산을 더럽히는 짓이라는 비판적인 시각을 가진 선비들이 있었습니다. 유학자 조식은 "대장부의 이름은 역사에 남겨야지 돌에 새겨서야 되겠는가?"라고 일갈하였습니다.

_ 정치영(한국학중앙연구원 교수)

경북 김천, 청암사 입구의 바위

경북 문경의 옛길, 토끼비리

토끼비리

경북 문경에 가면 '토끼비리'란 옛길이 있습니다. 고려 왕건이 경상도로 진군할 때, 길이 없어 헤매다가 토끼가 달아나는 것을 따라가 찾아낸 길이라고 합니다. 강 옆의 벼랑을 따라 한 사람이 겨우 다닐 정도의 좁은 길이 이어지는데, 조선시대에는 서울에서 동래까지 가는 큰길인 '영남대로(嶺南大路)'의 일부였습니다. 지금으로 치면 경부고속도로에 해당하는 길이었습니다. 곳곳에 바위를 파내어 길을 만든 흔적이 있으며, 오랜 시간에 걸쳐 많은 사람이 다녀 바위가 반질반질합니다.

임진왜란 때 부산에 상륙한 왜군도 이 길로 서울까지 단숨에 올라갔습니다. 만약 이곳을 막았다면 전쟁의 형세는 완전히 달라졌을 것입니다.

그렇지만, 역사에는 가정이 없습니다.

_ 정치영(한국학중앙연구원 교수)

카인드(kind) & 샤이(shy) 커플

수줍은 플레이 사이로 언뜻 비치는 엄청난 포텐.

그러나 항상 제자리를 찾지 못한 듯한 방황.

평범해 보이는 노을에도 눈물 흘리는.

언제라도 모든 걸 내려놓을 마음의 준비가 된.

어떤 상황에서도 자연스러운 유머를 찾으려 드는.

위에 적어 놓은 것들 다 마음에 드는.

부산 해운대

그러나 결국은 희망 고문.

영원한 유망주 그 녀석 S.

아담한 키와 청순하고 조그맣고 하얀 얼굴.

(S가 정말 좋아하는) 약간 어눌한 듯하지만 조용하면서 센스 있는 말투.

누구에게나 친절하고 화내거나 흥분하지 않는.

텔레마케팅, 카페 서빙 등 전형적인 요즘 젊은이들의 알바 인생을

사는.

시간 날 때마다 책을 손에서 놓지 않는.

틈틈이 쓰는 자신의 글에서 보여 주는 과감함과 파격, 신선함.

운명적인 사랑을 믿는 그녀 J.

너희들을 응원해!

_ 주상필(데이터 사이언티스트)

활주로에 떠오른 태양

활주로에 아침 햇살이 비치면 일출로 보이지만
그 길 위에 비행기와 태양이 겹쳐지면
조종사들은 일몰의 해로 느낀다.

떠오르는 태양 앞에서
부끄러워 고개 숙여야 할 자들을 상대로
당당한 투쟁과 끈끈한 연대의 힘으로
활주로를 거침없이 비상하길……!

_ 김현일(전 대한항공 조종사)

제주 공항 활주로

인간답게, 비굴하지 않게

마음이 쓰리고 아프다.

내 젊은 날의 열정을 바쳤던 곳, 비록 회사를 떠난 지는 오래되었지만

듣기만 하고 보기만 해도 늘 설레던 그곳은 '아름다운 사람들'이 모

여 있는 곳이었다.

아시아나항공사 건물 외관

신입 승무원 수료식에서 신생 기업인 아시아나가 믿을 곳은 여러분밖에 없다며, 비행 중 만날 때마다 격려와 칭찬을 아끼지 않으셨던 그분은……. 하지만 이제는 전혀 아름답지 않다. 역겨울 뿐이다.

우리는 인류 역사상 유례가 없는 촛불의 힘으로 반민주 세력을 권좌에서 끌어내리는 시대에 살고 있지만, 회사는 아직도 우리에게 종살이를 원하고 있다.
종은 주인의 소유물이다.

아름다운 사람들. 그들이 힘겹게 몸부림치고 있다.
최소한 인간답게, 비겁하지 않게 살 수 있도록 그들에게 사회적 지지를 보내자.
비단 그들만의 일이 아니라는 것을 우리 모두는 알고 있다.

('아름다운 사람들'은 금호아시아나 그룹의 기업 가치입니다.
아름다운 기업, 아름다운 사람들.)

_ **최효경**(전 아시아나항공사 스튜어디스)

천지합일(天地合一)

중문학을 전공한 나는 기업에 입사한 후
중국 쪽 업무를 맡게 되었고, 그렇게 중국
과의 인연이 시작되었다. 현지 주재원 생
활을 하면서 회사 업무로 대도시 위주만
왔다 갔다 하느라 중국의 실제적인 모습을
보지 못했다.

내가 방문한 화려한 도시의 저녁 문화, 위
압적인 대규모 건축물, 수많은 사람과 차
량 행렬들, 선뜻 손이 가기 어려운 다양한
음식들……

초고속 성장을 위해 중국은 도시 외관에
치중할 수밖에 없었다.

중국 쓰촨성에 있는 주자이거우. 창망한 하늘과 산 그림자, 호수 위로 비춰진 데칼코마니에서 천지의 조화로움이 느껴진다.

퇴직 후 개인사업을 하면서 중국 내의 소위 말하는 '아직 사람의 손

때가 덜 묻은 지역'을 찾아갔다. 중국 서북부 쓰촨성 북부지역에 있

는 주자이거구였다.

하늘빛보다 더욱 짙게 보이는 호수, 맞은편 산의 짙은 그림자, 그리

고 대칭의 미려(美麗)함은 억겁의 시간 속에서 그 뚜렷한 색과 청량

한 맑은 빛을 드러내는 듯해 감탄의 황홀함이 몰려왔다. 넘치지 않

으면서 부족함이 없는, 그래서 더 바라지도 더 바랄 수도 없는 자연

그대로의 모습. 마치 삶과 죽음이 대비되며 함께 공존하는 시공간

이었다고 할까?

인간의 겉모습에 덧칠되고 감추어지는 인간의 본성과 더욱 대비되

어 보이는 그대로의 자연스런 존재감. 그 속에서 삶을 일구어 가는

현지인들의 순박한 모습도 그 자연 속의 또 다른 움직이는 자연이라 생각한다. 대치되는 듯하면서 공유의 가치를 갖는 평등한 명암의 표현은 오늘을 살아가는 현대인들이 자신을 더욱 돋보이게 하려고 과장되게 꾸미거나 상대방을 뭉개 버리는 추악함을 지적하는 것 같다.

이곳이 오랜 세월 자연스런 그대로의 존재를 간직해 방문자에게 감탄을 일으키는 것과 같이, 인간 역시 삶을 살아가면서 편협하지 않고 전체의 가치를 위해 있는 그대로의 모습을 고집스럽게 지니고 살아가야 한다.

_ 이호은(전 삼성 관련 기업 상하이 주재원)

명함

명함이 악몽을 꾼다.

손 내밀어 전해 준 누군가에게

'다시는 만나지 않을 자'라는

낙인이 찍혀

휴지통에 버려지는 꿈을.

버려진 명함에 인쇄되어 있는

핸드폰, 페이스북, 트위터, 사무실 주소는

상한 생선 비늘처럼 떨어져 나가고

너덜해진 뼈 사이로

명함 주인의 이름이 보인다.

'다시는 만나지 못할 이름'

'연락할 길이 없는 번호'

억압받는 민중들의 거친 손에 전해졌던

그의 명함이

17층 아파트 공중에서 투신한다.

노

회

찬

종이 한 장 무게, 그의 명함이

천근만근 민중들 고통과

동시에 땅에 떨어졌다.

_ 김형진(다큐 영화 〈기죽지 마라〉 연출)

자유의 감옥
─ 노회찬이 노회찬에게

가장 솔직한 것이 가장 자유롭다.

나는 매일같이

내가 갇힌 자유로부터 탈출을 시도한다.

그러나 나는 체포되어

내 자유의 감옥으로 여지없이 끌려온다.

이 미칠 것 같은 내 자유의 혐오

등 돌리고 앉아서도 늘 그럴듯하게

자유의 위대한 칼을 뽑아든다.

그리고 내게 규정된 삶을 매우 특별하게 진술한다.

진실이 아닌 모든 허구는 나에게 가로막힌다.

내가 만든 이 엄격한 자유의 감옥에는

진실과 거짓이라는 두 개의 문밖에 없다.

흔해빠진 거짓은 자유의 감옥에 갇히지도 않는다.

진실이 자유를 위한 피라면 거짓은 피의 감옥이다.

2018년 7월 23일 세상을 떠난 고(故) 정의당 노회찬 의원의 빈소

돈 때문에 목숨을 버린다는 것은 얼마나 비극적인가?

하루하루 먹고살 것 없는 가난한 사람들은

자존심을 지키려고 누가 공돈을 줘도 받지 않는다.

자기모순에 빠진다는 건 이다지도 무섭다.

그러니까 노회찬이 노회찬을 바라본 것이다.

노회찬이 노회찬을 꾸짖은 것이다.

노회찬이 남을 마주했다면 절대 죽지 않았을 것이다.

노회찬이 노회찬을 견디지 못한 것이다.

노회찬이 노회찬을 버리라고 말한 것이다.

자유의 감옥에서 벗어나는 길은

솔직함 말고는 다른 길이 없다.

그런 의미에서 죽음도 솔직한 게 아니다.

노회찬은 노회찬에게 얼마나 괴로웠을까?

노회찬은 노회찬에게 얼마나 슬퍼했을까?

솔직함을 안고 끝내 죽음으로 탈출한다면

그것은 회피가 아닌 자유를 향한 선택이다.

우리는 자신에게서 그 어떤 솔직함을 얻을 것인가?

우리는 자신에게 그 어떤 자유를 남겨 줄 것인가?

살아 있는 자여, 죽는 날까지 이 차가운 고민을 하라!

자유여, 너의 신성한 교수대 위에

나는 이 짧게 움츠린 목을 감히 내걸지도 못하리.

_ 임성용(시인. 전태일문학상 수상)

세상의 지혜를 모아 무료로 공유하는 꿈

'세상의 모든 길이 로마로 통하던 시절',

각국의 책들은 이 길을 따라 '셀수스' 도서관에 모였습니다.

세상의 지혜를 모으겠다는 로마인들의 꿈이었습니다.

이제 로마인들의 꿈을 넘어서고자 합니다.

셀수스협동조합은 동영상, 사진, 글 등 콘텐츠를 무료로 주고받아

새로운 콘텐츠를 만들 것입니다. 그리고 이렇게 제작된 콘텐츠가

사람들에게 무료로 공유되는 '지혜의 샘'이 되기를 바랍니다.

_ 고(故) 황준욱*(전 한국노동연구원 박사)

* 이 글을 쓴 셀수스협동조합 황준욱 이사는 2016년에 세상을 떠났다. 돈이 없어도 콘텐츠 제작이 가능한 무상공유 카피레프트를 꿈꾸던 황 이사의 글은 셀수스협동조합 홈페이지(www.celsus.org)에 선언문처럼 남아 있다. 그가 표현한 '셀수스'는 영어식 표현이지만 셀수스협동조합에선 이 표현을 사용하기로 했다.

터키에 있는 세계 최초의 도서관 건물 터

공유하고 나누는 사회를 꿈꾸며

이번 출판작업을 기획한 이후, 셀수스협동조합 홈페이지에 올라온 사진을 보고 글을 써 주거나 직접 촬영한 사진과 함께 글을 내주신 분도 있습니다. 처음에는 39명의 글을 받아 편집을 시작했습니다.

그런데 창작자를 위한 크라우드 펀딩 플랫폼 '텀블벅'을 통해 책 제작비 후원을 받으면서 셀수스협동조합 취지에 공감하는 분들이 글과 사진을 보내 주셔서 참여자는 55명으로 늘어났습니다. 그리고 출판 인쇄를 앞두고 노회찬 국회의원이 투신자살한 충격적인 상황에 두 명의 필자가 노회찬 의원 추모사를 보내 왔습니다.

자신의 글이 전문가답지 않다고 느끼거나 아직 초보여서 출판이 망설여진다는 분도 있었습니다. 하지만 셀수스협동조합에서 제공하는 전문 사진가의 예술사진과 함께 누구나 당당하고 자신 있게 자기 글을 쓸 수 있다면, 창작자들이 기존의 낡은 경쟁의 테두리를 벗어나 서로 공유하고 나누는 사회로 나아갈 수 있을 것입니다.

이번 출판 작업을 계기로 셀수스협동조합에서는 앞으로도 이런 형태의 작업을 보다 발전적으로 시도할 예정입니다.

글과 사진을 무상으로 제공해준 55명의 다양한 영역에서 일하는 분들의 관심과 열정, 무상공유 정신에 대한 공감, 기꺼이 참여하겠다는 의지에 진심으로 감사 드립니다.

이 책의 제작을 위해 표지 그림은 서울대학교에서 미술을 공부하는 김혜리 학생이, 책 내용의 편집과 진행은 프리랜서 편집자인 고영란이, 출판은 김태영 사장께서 기꺼이 맡아 주셨습니다. 감사합니다.

셀수스협동조합 조합원 일동

카피레프트,
우주선을 쏘아 올리다

초판 1쇄 인쇄 | 2018년 9월 1일
초판 1쇄 발행 | 2018년 9월 6일

지은이 | 김조광수 외 54명
발행인 | 김태영
기　획 | 셀수스협동조합
편　집 | 고영란
디자인 | 장혜란
발행처 | 도서출판 씽크스마트
　　　　서울특별시 마포구 토정로 222(신수동) 한국출판콘텐츠센터 401호
　　　　전화 02-323-5609·070-8836-8837 팩스 02-337-5608

ⓒ 셀수스협동조합
ISBN 978-89-6529-194-7 (03800)

씽크스마트 · 더 큰 생각으로 통하는 길
도서출판 사이다 · 사람과 사람을 이어주는 다리

모두의 콘텐츠

Something From Nothing

로마 시대에 세계 최초의 도서관 '셀수스'로 세상의 모든 책들이 모였습니다.
지혜의 샘이 되고자 했던 '셀수스'처럼
셀수스협동조합은 동영상, 사진, 스토리 등을 모아서
콘텐츠가 필요한 사람들에게 무상으로 공유하려 합니다.

무료 콘텐츠 도서관 · 저작권을 무상 공유하는 카피레프트(CopyLeft)

셀수스협동조합(www.celsus.org)　**CELSUS**

부 모 되 는
철학 시리즈

부모 노릇은 지구상에서 가장 힘들고 까다로우며 스트레스가 따른다. 동시에 가장 중요한 일이기도 하다. "부모되는 철학 시리즈"는 아이의 올바른 성장을 돕는 교육적 가치관을 정립하고 더 행복한 가정을 만들어 가는 데 긍정적인 역할을 할 것이다. 부모가 행복해야 아이들도 행복하다. 행복한 아이들, 행복한 부모, 행복한 가정 속에 미래를 꿈꾸며 성장시키는 것이 부모되는 철학의 힘이다.

서울시 마포구 토정로 222(신수동 한국출판콘텐츠센터 401호) | 전화 02-323-5609, 070-8836-8837